DISCOURS
PRONONCÉS
DANS L'ACADEMIE FRANÇOISE,

Le Jeudi 25 Septembre MDCCXLIX.

A LA RÉCEPTION

DE M. L'EVÊQUE DE RENNES.

A PARIS,
DE L'IMPRIMERIE DE BERNARD BRUNET,
Imprimeur de l'Académie Françoise, rue S. Jacques.

MDCCXLIX.

M. L'ÉVÊQUE DE RENNES *ayant été élû par Messieurs de l'Académie Françoise, à la place de feu M.* LE CARDINAL DE ROHAN, *y vint prendre séance le Jeudi 25 Septembre 1749, & prononça le Discours qui suit.*

MESSIEURS,

SI tous ceux qui sont admis à l'honneur que vous me déferez, craignent de ne pas justifier votre choix, combien plus vif doit être en moi ce sentiment? A peine sorti des routes sombres & épineuses de la Politique, je me trouve tout à coup transporté dans le Temple des Graces & des Muses; mes yeux ont peine à en soutenir l'éclat! Assis au milieu de vous, je me vois environné de tous les talents, sans avoir même celui de vous exprimer mon admiration. Jouissez de mon trouble, MESSIEURS, il est votre ouvrage ; qu'il ſoit l'interprète de ma reconnoiſſance. Je ſens le prix de vos bontez d'autant plus vivement, qu'elles vous ont fait oublier la diſtance qu'il y a entre l'illuſtre Académicien que vous avez perdu, & le ſucceſſeur que vous lui donnez.

M. le Cardinal de Rohan, pendant ſa vie l'objet de votre vénération & de votre amour, aujourd'hui le ſujet de vos regrets, fut un homme unique par la multitude des talents, & par toutes les vertus aimables qui devoient aſſurer à ſes talents les plus grands ſuccès. Orné de tous les dons de la nature, enrichi du tréſor de toutes les Sciences, & ſurtout de celles qui étoient plus propres à ſon état, il parut, & d'abord il enleva tous les ſuffrages. On reconnut auſſitôt en lui un génie facile & élevé, une érudition ſolide & choiſie, un goût ſûr, & cette noble ſimplicité de diſcours qui caractériſe la haute naiſſance, au-deſſus de toute l'éloquence que peut donner l'étude, & que l'étude la plus laborieuſe ne donne pas toujours.

Je ne parlerai point de ſes Dignitez & de ſes Titres, ſuites naturelles de la plus illuſtre origine, ſoutenue d'un mérite éclatant. Je ne les regarde que comme des moyens que la Providence avoit préparez pour le faire paroître avec avantage ſur toutes les ſcènes du monde, & le rendre plus cher & plus utile à la Société, à l'Etat, à la Religion.

A la Société; il en fit les délices : combien de fois cette louange a-t-elle été répétée par tous ceux qui ont joui de ſon commerce? Perſonne n'eut plus que lui le talent de la converſation, ne ſut mieux proportionner les égards aux circonſtances & aux perſonnes, & pour ainſi dire parler à chacun ſa langue, & toujours d'une façon qui plaiſoit en intéreſſant. Mais la ſociété a des devoirs plus ſérieux qu'on ne remplit pas par les ſeuls agréments; le Cardinal éclairé, diſcret, fidèle, bienfaiſant, ſut ſatisfaire à tout : on étoit ſûr de trouver en lui ou des ſecours, ou des conſeils, & toutes les reſſources, ou de la raiſon, ou de l'amitié.

Conſiderons ce grand Homme dans des fonctions plus importantes, & voyons briller ſes talents dans les négociations, dans l'exercice du ſaint Miniſtère.

Je l'ai vû dans la Capitale du Monde Chrétien, dans ces Aſſemblées où il s'agit, en donnant un Chef à l'Egliſe, d'accorder les intérêts de la Religion & ceux de toutes les Couronnes. Quelle pénétration pour démêler les vûes de différents Partis ! Quelle habileté pour ne découvrir les ſiennes qu'à propos ! Quelle fertilité d'expédients pour lever les obſtacles ! Quelle abondance de reſſources dans les contretemps! Toutes ces armes, ſi puiſſantes par elles-mêmes, étoient maniées par la douceur, dont le charme & les tours heureux, quelquefois auſſi forts que la raiſon même, achevoient la perſuaſion. Ainſi, digne Miniſtre du Fils aîné de l'Egliſe, il ſervit tout à la fois & l'Egliſe & l'Etat; & en exécutant les ordres du Roi, il a toujours fait réuſſir les choix les plus avantageux à la Religion.

Zèle de la Religion, défenſe de la vérité ! vous

étiez le premier de ſes devoirs ; auſſi fûtes-vous ſa principale & preſque continuelle occupation. Deſtiné par la Providence à gouverner un de ces Diocèſes où l'Héréſie du ſeizième ſiècle éleva Autel contre Autel, & établît dans le même Temple une Chaire de vérité & une Chaire de menſonge.

Quelle ſituation pour un Prélat zélé, & animé du deſir de raſſembler les diſperſions d'Iſraël, & de ramener le Troupeau à l'unité ! M. le Cardinal de Rohan y a fait tout ce qui n'étoit pas abſolument impoſſible. Par la ſageſſe de ſon gouvernement, par ſes ſoins, ſes libéralitez, ſon autorité, ſa vigilance, il a arraché à l'erreur un nombre infini de familles, il a rétabli dans pluſieurs Egliſes le culte légitime ; & tel étoit l'empire qu'il avoit acquis ſur les cœurs, qu'aujourd'hui dans les larmes que ſa mort fait répandre, on ne diſtingue pas le Luthérien du Catholique.

Son zèle ne ſe borna pas à ſon Diocèſe, ſa mémoire vivra éternellement dans l'Egliſe de France. Avec quelle ardeur, quelle perſévérance l'a-t-il ſervie dans ces malheureuſes diviſions auſquelles nous ne pouvons penſer qu'avec douleur ? C'eſt à ce ſujet qu'ont paru dans tout leur jour ſa profonde doctrine & ſon éloquence : on admiroit en lui la ſolidité, la juſteſſe, la préciſion, pour diſcuter les matiéres les plus difficiles, fixer le vrai point des conteſtations, en écarter ce que l'ignorance & l'artifice y mêloient d'étranger, détruire ce que les objections avoient de ſpécieux ; & comme l'oppoſition dans les eſprits augmente ſouvent les difficultez réelles, c'eſt où le Cardinal ſe ſurpaſſoit lui-même; employant ſans relâche la douceur inaltérable & le talent de conciliation qui lui étoient propres; calmant les inquiétudes des uns, contenant quand il le falloit la vivacité des autres; toujours lui-même, toujours plein de candeur, de déférence, de patience, ſe faiſant tout à tous, pour rétablir la paix en conſervant la vérité. Il eſt mort plein de jours & de mérites; & le Roi, qui l'avoit pendant ſa vie honoré de ſa confiance, l'a honoré de ſes regrets. Ce trait ſeul ſuffiſoit pour ſon éloge.

Jouiſſez long-temps, MESSIEURS, de la conſolation qu'il vous a lui-même préparée, en vous donnant le ſucceſſeur de ſon nom, de ſes dignitez, de ſes talents. Quel témoignage plus touchant de ſon attachement & de ſon eſtime pour une Compagnie digne d'avoir été fondée par le plus grand des Miniſtres, & d'être protégée par les plus grands des Rois!

Ici, MESSIEURS, s'offre à moi l'image des ſuccès d'un Etabliſſement ſi noblement projeté, ſi glorieuſement ſoutenu: votre premier objet étoit de polir, de perfectionner la Langue; mais une plus noble carriére étoit dûe à des hommes tels que vous: Arbitres du langage, la penſée & le ſentiment qui ſont comme l'ame de la parole ſont devenus néceſſairement de votre reſſort, & ont également reconnu vos Loix: ainſi, en même temps que dans vos Ecrits vous mettez en pratique vos propres déciſions ſur la Langue, vous donnez des règles à l'eſprit; vous élevez, vous ennobliſſez les ſentiments; & c'eſt le fruit le plus précieux de ces chefs-d'œuvres en tout genre de littérature qui ont porté votre gloire au plus haut degré. L'Académie s'applaudit avec raiſon de voir la Langue Françoiſe devenue la Langue dominante dans preſque toutes les Cours de l'Europe; c'eſt un triomphe qui n'eſt dû qu'à elle. Aujourd'hui, MESSIEURS, je vous apporte un hommage différent, & peut-être plus flatteur : en Eſpagne on ne parle preſque point notre Langue ; mais on y lit avec avidité les Livres François : c'eſt qu'on aime mieux apprendre de vous à penſer qu'à parler. La Langue Françoiſe y eſt traitée comme les Langues ſavantes qu'on étudie, qu'on approfondit, non pour en faire un uſage ordinaire, mais pour y trouver de parfaits modelles. Avec quelle complaiſance (étoit-ce un preſſentiment de l'honneur que j'aurois de vous appartenir?) avec quelle complaiſance ai-je vû vos Ouvrages entre les mains des amateurs des Sciences, qui y cherchent, comme dans leurs ſources, les leçons du beau, du vrai, du ſimple, du naïf, du pathétique, du ſublime! Ainſi, MESSIEURS, dans cette Nation qui en étendue d'eſprit & en nobleſſe de ſentiments ne céde à nulle autre, qui même a produit des génies du premier ordre, vous avez des élèves dont vous formez le goût, & qui font gloire de vous avoir pour maîtres; & les noms de pluſieurs d'entre vous ſont auſſi connus & auſſi célébrez dans Madrid que dans Paris même.

L'avoit-il prévû ce Miniſtre qui a changé la face de l'Europe; qui a dompté l'Héréſie; qui a étouffé

la

la révolte ; qui a raffermi les fondements du Thrône ; qui a appris aux Sujets à obéir, & au Souverain à régner ; qui a rétabli l'ordre dans toutes les parties de l'Etat ; qui a porté chez tous nos ennemis la terreur du nom François : toujours grand, toujours impénétrable, toujours intrépide, toujours prudent, toujours admirable, souvent inimitable : en un mot, le Cardinal de Richelieu avoit-il prévû, lorsqu'il vous établît, qu'il préparoit entre les Peuples une alliance littéraire que les révolutions politiques n'altéreroient point ; un commerce que les guerres mêmes ne pourroient interrompre ; & que par-là il seroit un jour le bienfaicteur des Nations qu'il a le plus combattu ? Enfin, avoit-il prévû qu'après l'illustre Seguier l'Académie mériteroit d'avoir pour Protecteur LOUIS XIV ?

LOUIS XIV ! quel nom ! quelle foule de nobles & sublimes idées présente-t-il à l'esprit ! Un Roi dont le règne sera regardé dans la postérité comme le règne des Arts, des Sciences, des Talents, des grands Guerriers, des grands Ministres, des grands Evénemens : Un Roi, le plus Roi qui fût jamais, dont l'ame toute entiére, l'esprit, le cœur, les projets, les entreprises, portoient le caractére & l'empreinte de la Majesté ; qui sut protéger & pratiquer la Religion, gouverner l'Etat & sa famille, faire la guerre & donner la paix, soutenir les prospéritez & les disgraces, agir & parler, vivre & enfin mourir en Roi. Les siècles couleront, & le temps qui consume tout ne diminuera rien de sa gloire : sa place est marquée dans les fastes des Nations, dans le souvenir & l'admiration des hommes : son nom seul dit plus que les plus grands efforts de l'éloquence ; & si vous ordonnez qu'on lui paye ici un tribut de louanges, c'est moins pour honorer sa mémoire, que pour publier votre reconnoissance.

Graces immortelles soient rendues à Dieu, qui veille d'une façon singulière sur cet Empire ! Quoique ce grand Roi ne soit plus, son règne n'est pas fini ; sous LOUIS XV comme sous LOUIS XIV, à son exemple & toujours sur ses traces, nous voyons la Religion protégée, les Arts perfectionnez, les Sciences encouragées ; même sagesse dans les Conseils, même protection des Alliez de la Couronne, même intrépidité dans la guerre, même rapidité dans les conquêtes.

Si LOUIS XV a marché avec tant de gloire sur les pas de LOUIS XIV ; si dans les siéges & les batailles il a toujours soutenu par sa présence la valeur & la constance de ses Troupes ; s'il a cueilli de ses propres mains ces lauriers si flatteurs pour les Souverains, la dernière leçon de son auguste Bisayeul seroit-elle effacée de son cœur ? Peuple François, ne craignez pas le goût de la victoire & des conquêtes dans votre Roi ; un penchant plus noble encore domine dans son ame ; il aime toujours la paix, il aime la justice, l'honneur, la probité ; il vous aime, il sait que vous l'aimez : quels garants de votre tranquillité & de votre bonheur !

Et vous, Nations autrefois ennemies de la France, raſſurez-vous ; connoiſſez que cette puiſſance qui vous a allarmé, LOUIS XV ne veut que la rendre bienfaiſante ; l'uſage qu'il a fait de ſes conquêtes, uſage plus admirable que ſes conquêtes mêmes, a prouvé à l'Europe étonnée que par ſes victoires il n'a voulu qu'aſſurer le règne de la paix, & montrer à l'Univers dans LOUIS XV LOUIS XIV pacifique.

RÉPONSE de M. DE FONTENELLE, *Directeur de l'Académie Françoiſe, au Diſcours prononcé par M.* L'EVÊQUE DE RENNES.

MONSIEUR,

CE que nous venons d'entendre ne nous a point ſurpris ; nous ſavions il y a long-temps que dès votre entrée dans le monde on jugea qu'à beaucoup d'eſprit naturel, & à une grande capacité dans les matiéres de l'Etat Eccléſiaſtique que vous aviez embraſſé, vous joigniez l'agréable don de la parole, qui ne s'attache pas toujours au plus grand fond d'eſprit, & encore moins à des connoiſſances également épineuſes, & éloignées de l'uſage commun. Nous ſavions qu'après avoir été nommé Evêque de la Capitale d'une grande Province qui ſe gouverne par des Etats, votre Dignité, qui vous mettoit à la tête de ces Etats, vous avoit donné occaſion d'exercer ſouvent un genre d'éloquence peu connu parmi nous, & qui tient aſſez du caractére de l'éloquence Grecque & Romaine. Les Orateurs François, excepté les Orateurs ſacrez, ne traitent guère que des ſujets particuliers, peu intéreſſants, ſouvent embarraſſez de cent minuties importunes, ſouvent avilis par les noms mêmes des principaux Perſonnages. Pour vous, MONSIEUR, vous aviez toujours en main dans vos Diſcours publics les intérêts d'une grande Province combinez avec ceux du Roi; vous étiez, ſi on oſe le dire, une eſpèce de Médiateur entre le Souverain qui devoit être obéi, & les Sujets qu'il falloit amener à une obéiſſance volontaire. De-là vous avez paſſé, MONSIEUR, à l'Ambaſſade d'Eſpagne, où il a fallu employer une éloquence toute différente, qui conſiſte autant dans le ſilence que dans les diſcours. Les intérêts des Potentats ſont en ſi grand nombre, ſi ſouvent & ſi naturellement oppoſez les uns aux autres, qu'il eſt difficile que deux d'entr'eux, quoiqu'étroitement unis par les liens du ſang, ſoient parfaitement d'accord enſemble ſur tous les points, ou que leur accord ſubſiſte long-temps. Les deux Branches de la Maiſon d'Autriche n'ont pas toujours été dans la même intelligence. L'une des deux Maiſons Royales de Bourbon vous a chargé de ſes affaires auprès de l'autre; la Renommée, quoique ſi curieuſe, ſurtout des affaires de cette nature, quoique ſi ingénieuſe & même ſi hardie à deviner, ne nous a rien dit de ce qui s'eſt paſſé dans un intérieur où vous avez eu beſoin de toute votre habileté; & cela même vous fait un mérite. Seulement nous voyons que l'Eſpagne, pour laquelle vous avez dû être le moins zélé, ne vous a laiſſé partir de chez elle que revêtu du titre de Grand de la premiere Claſſe, honneur qu'elle eſt bien éloignée de prodiguer.

Le grand Cardinal de Richelieu, lorſqu'il forma une Société de Gens obſcurs preſque tous par eux-mêmes, connus ſeulement par quelques talents de l'eſprit, eût-il pû, même avec ce ſublime génie qu'il poſſédoit, imaginer à quel point eux & leurs ſucceſſeurs porteroient, par leur union & ces talents, leur gloire ? Eût-il oſé ſe flatter que dans peu d'années les noms les plus célébres de toute eſpèce ambitionneroient d'entrer dans la liſte de ſon Académie ; que dès qu'elle auroit perdu un Cardinal de Rohan, il ſe trouveroit un autre Prélat, tel que vous, MONSIEUR, prêt à le remplacer ?

Le nom de Rohan ſeul fait naître de grandes idées. Dès qu'on l'entend, on eſt frappé d'une longue ſuite d'illuſtres Ayeux, qui va ſe perdre glorieuſement dans la nuit des ſiècles ; on voit des Héros dignes de ce nom par leurs actions, & d'autres Héros dignes de ces Prédéceſſeurs ; on voit les plus hautes Dignitez accumulées, les alliances les plus brillantes, & ſouvent le voiſinage des Trônes : mais en même temps il n'eſt que trop ſûr que tous ces avantages naturels, ſi précieux aux yeux de tous les hommes, ſeroient des obſtacles qu'auroit à combattre celui qui aſpireroit au mérite réel des vertus, telles que la bonté, l'équité, l'humanité, la douceur des mœurs. Tous ces obſtacles, dont la force n'eſt que trop connue par l'expérience, non-ſeulement M. le Cardinal de Rohan, durant tout le cours de ſa vie, les ſurmonta, mais il les changea eux-mêmes en moyens, & de pratiquer mieux les vertus qu'ils combattoient, & de rendre ces vertus plus aimables. Il eſt vrai, pour ne rien diſſimuler, qu'il y étoit extrêmement aidé par l'extérieur du monde le plus heureux, & qui annonçoit le plus vivement & le plus agréablement tout ce qu'on avoit le plus d'intérêt de trouver en lui. On ſait ce qu'on entend aujourd'hui, en parlant des Grands, par le don de repréſenter. Quelques-uns d'entr'eux ne ſavent guère que repréſenter; mais lui, il repréſentoit & il étoit.

Dès ſon jeune âge deſtiné à l'Etat Eccléſiaſtique, il ne crut point que ſon nom, ni un uſage aſſez établi chez ſes pareils, puſſent le diſpenſer de ſavoir, & de ſavoir par lui-même. Il fournit la longue & pénible carriére preſcrite par les Loix avec autant d'aſſiduité, d'application, de zèle, qu'un jeune homme obſcur, animé d'une noble ambition, & qui n'auroit pû compter que ſur un mérite acquis. Auſſi dès ces premiers temps ſe fit-il une grande réputation dans l'Univerſité; les Dignitez & les Titres qui s'attendoient, pour ainſi dire, avec impatience, ne laiſſoient pas de venir le trouver ſelon un certain ordre.

Il étoit à l'âge de 31 an Coadjuteur de M. le Cardinal de Furſtemberg, Evêque & Prince de Straſbourg, lorſqu'il ſurvint dans cette Académie un de ces incidents qui en troublent quelquefois la paix, & fourniſſent quelque légére pâture à la malignité du Public. Le principe général de ces eſpèces d'orages eſt la liberté de nos élections, liberté qui ne nous en eſt pas cependant, ainſi qu'aux anciens Romains, moins néceſſaire, ni moins précieuſe. Ce fut en de pareilles circonſtances que le Coadjuteur de Straſbourg ſe montra, & calma tout; & je puis dire hardiment qu'il entra dans cette Académie par un bienfait. Avec quel redoublement & de joie & de reconnoiſſance ne lui fimes nous pas enſuite nos compliments ſur le chapeau de Cardinal, ſur la Charge de Grand Aumônier de France; Dignitez dont l'éclat rejailliſſoit ſur nous, & qui nous élevoient toujours nous-mêmes de plus en plus?

Nous ſavons aſſez en France ce que c'eſt que les affaires de la Conſtitution. Ne fuſſent-elles que Théologiques, elles ſeroient déjà d'une extrême difficulté: un grand nombre de gens d'eſprit ont fait tous les efforts poſſibles pour découvrir quelques nouveaux rayons de lumiére dans des ténèbres ſacrées, & ils n'ont fait que s'y enfoncer davantage; peut-être eût-il mieux valu les reſpecter d'un peu plus loin. Mais les paſſions humaines ne manquérent pas de ſurvenir, & de prendre part à tout, voilées avec toute l'induſtrie poſſible, & d'autant plus difficiles à combattre, qu'il ne falloit pas laiſſer ſentir qu'on les reconnût. Le Roi convoqua ſur ce ſujet des aſſemblées d'Evêques, à la tête deſquelles il mit Monſieur le Cardinal de Rohan. Que l'on réfléchiſſe un inſtant ſur ce qu'exige une pareille place dans de pareilles conjonctures, & l'on jugera auſſi-tôt qu'un Prélat avec peu de talents, peu de ſavoir, des lumières acquiſes dans le beſoin, moment par moment,

empruntées

pruntées en si bon lieu que l'on voudra, eût paru bien vîte à tous les yeux tel qu'il étoit naturellement. J'atteste la Renommée sur ce qu'elle publia alors dans toute l'Europe à la gloire du Prélat dont nous parlons. Il joignit même au mérite de grand homme d'Etat, & de savant Evêque, un autre mérite de surcroît, qu'il ne nous siéroit pas de passer sous silence, quoique réellement fort inférieur; il fut quelquefois obligé de porter la parole au Roi à la tête du respectable Corps qu'il présidoit, & il s'en acquitta en excellent Académicien.

Il fut envoyé quatre fois à Rome par le Roi pour des élections de Souverains Pontifes. Il n'y a certainement rien sur tout le reste de la Terre, qui ressemble à un Conclave. Là sont renfermez sous des Loix très-étroites & très-gênantes, un certain nombre d'hommes du premier ordre & du premier mérite en différentes Nations, qui n'ont tous que le même objet en vûe, & tous différents intérêts par rapport à cet objet. La Nation Italienne est de beaucoup la plus nombreuse, très-spirituelle par une faveur constante de la Nature, dressée par elle-même aux négociations, adroite à tendre des piéges subtils & imperceptibles, à pénétrer finement les apparences trompeuses, qui couvrent le vrai, & même les secondes ou troisièmes apparences, qui pour plus de sûreté couvrent encore les premières. M. le Cardinal de Rohan ne fut que prudent, que circonspect, sans artifice & sans mystère, ouvertement zélé pour les intérêts de la Religion & de la France, & il ne laissa pas de réussir, & de s'attirer une extrême considération des Italiens les plus habiles. Des exemples pareils, un peu plus fréquents, rendroient peut-être au vrai plus de crédit qu'il n'en a aujourd'hui, ou du moins plus de hardiesse de se montrer.

Toute la partie du Diocèse de Strasbourg située au-delà du Rhin appartient en Souveraineté à l'Evêque qui en prend l'investiture de l'Empereur. D'un autre côté l'Evêché de Strasbourg est extrêmement mêlé de Luthériens autorisez par des traitez inviolables. M. le Cardinal de Rohan avoit à soutenir le double personnage, & de Prince souverain & d'Evêque Catholique. Prince, il gouverna ses Sujets avec toute l'autorité, toute la fermeté de Prince, & en même temps avec toute la bonté, toute la douceur qu'un Evêque doit à son troupeau; seulement il y joignit l'esprit de conquête si naturel aux Princes, mais l'esprit de conquête Chrétien. Il employa tous ses soins, mais ses soins uniquement à ramener dans le sein de l'Eglise ceux qui s'en étoient écartez; il étoit né avec de grands talents pour y réussir; & en effet le nombre des Catholiques est sensiblement augmenté dans le Diocèse de Strasbourg.

De cette augmentation, moins difficile à continuer, qu'elle n'étoit à commencer, il en a laissé le soin à un Neveu, son digne successeur, déjà revêtu de ses plus hautes Dignitez. Quelle gloire pour nous que le titre d'Académicien n'ait pas été négligé dans une si noble & si brillante succession !

Après tout ce qui vient d'être dit, nous dédaignons presque de parler de la magnificence de cet illustre Cardinal. La magnificence considérée par rapport aux Grands, est plutôt un grand défaut quand elle y manque, qu'un grand mérite quand elle s'y trouve. Son essence est d'être pompeuse & frappante; sa perfection seroit d'avoir quelque effet utile & durable. Notre grand Prélat l'a pratiquée de toutes les maniéres. Tantôt il a fait des présents rares à des Souverains, tantôt il a répandu ses bienfaits dans les lieux de sa dépendance qui en avoient besoin, tantôt il a construit des Palais superbes, tantôt il a doté pour tous les siècles à venir un assez grand nombre de filles indigentes. Dans toutes les fêtes où pouvoient entrer la justesse & l'élégance du goût François, il n'a pas manqué de faire briller aux yeux des Etrangers cet avantage, qui, quoiqu'assez superficiel en lui-même, n'est nullement indigne d'être bien ménagé.

Je sens, MESSIEURS, que je vous fais un portrait, & fort étendu, & peut-être peu vraisemblable; à force de rassembler trop de différentes perfections, on m'accusera de cet esprit de flatterie qu'on se plaît à nous reprocher. Je vous demande encore un moment d'attention, & j'espére que je serai justifié.

Le ROI a dit : *C'est une vraie perte que celle du Cardinal de Rohan ; il a bien servi l'Etat, il étoit bon*

Citoyen & grand Seigneur ; je n'ai jamais été harangué par perſonne qui m'ait plû davantage.

Je crois n'avoir plus rien à dire ſur le reproche de flatterie. J'ajouterai ſeulement que de cet éloge fait par le Roi, il en réſulte un plus grand pour le Roi lui-même. Il ſait connoître, il ſait apprétier le mérite de ſes Sujets; & combien toutes les vertus, tous les talents doivent-ils s'animer dans toute l'étendue de ſa domination! C'eſt-là ce qui nous intéreſſe le plus particulièrement : l'Europe entiére retentit du reſte de ſes louanges; & ce qui eſt le plus glorieux, & en même temps le plus touchant pour lui, on compare déjà ſon Règne à celui de LOUIS XIV.

www.ingramcontent.com/pod-product-compliance
Lightning Source LLC
LaVergne TN
LVHW050514160826
845677LV00003B/1121

* 9 7 8 2 3 2 9 6 2 2 1 8 7 *